百歳の陽気なおばあちゃんが人生でつかんだ言葉

佐藤洋二郎

鳥影社

まえがき

百歳まで生きられるということはどういうことだろう。ながく生きれば周りの人々も少なくなる。家族や子どもを先に失い、多くの悲しみを抱いて生きるということにもなる。日々、死を間近に意識して、生活をしなくてはならない。

統計によると、二〇二一年の九十歳以上の高齢者人口比率は二九・九一パーセント、そのうち百歳以上の高齢者は八万六五一〇人で、日本は世界で最も長寿国だ。平均寿命は男性八一・六四歳、女性八七・七四歳。これも世界一だ。

しかし九十五歳を過ぎると男性の五一パーセント、女性の八四パーセントは認知症になっている。多くの女性は大半が認知症に罹（かか）ってしまう。

長生きはいいことだが、逆に考えれば恐ろしい時代にもなった。自分で自分のことがわからず、命を人に委ねて生きる時代になったということだが、そうまでして人間は生き続けなければいけないのだろうか。そんな感情も走ってしまう。

そして日本人の健康寿命は男性が七二・六八歳、女性は七五・三八歳である。健康寿命とは医療や介護に依存しないで、自立した生活ができる年齢のことをいうが、平均寿命の八十代半ばまで、認知症や病気を心配しながら生きなければならない。

動物なら自分の死期を知ると、身を隠して生を終えたり、他の動物の命をつなぐために犠牲になっていく。だが人間は違う。認知症が発生しても生かされるし、死ねば丁重に葬られる。

まえがき

尊厳とはなんだろうとも思案させられるが、死に対して一番畏れているのが人間ではないか。その恐怖に抗うために惚けが発症するのではないか。そんな穿った見方もしてしまうが、この世に生を授かって全うすることは、難儀で困難なことでもある。

わたしの百歳になる老母はまだ惚けてはいない。一日中ラジオをかけっぱなしで、社会に関心があり、家族が集まれば一人でしゃべり続けている。間もなくお迎えがくるわよとか、死なない気がするのよね、と矛盾することを言ったりもする。それは生を閉じることの不安や焦燥があるのではと、見つめ直すことがある。

明るい女性だが、その快活さの裏側にどんな感情が行き来しているのだろう。それは息子であるわたしが、彼女を鏡として、自分を探っているということでもあるが、生きるということはどういうことかと、しばしば思案させられる。

そしてここに書かれたことは、老母が何気なく呟いたことや、わたしを諭すように言った言葉でもある。実の親と子は、言葉をつなぎ親子となるしかない。

個人的に命とは時間のことだと思っているが、百歳まで生きる人間の言葉は生きてきた経験もあるし、生活の知識もある。

それゆえに何気なく呟いた言葉でも驚かされる。人生は言葉を探す旅で、それが生きる指針になると考えている者には、身近にいるありがたい存在である。

そういうことを思いながら日々書き残してみたが、ただ平凡な市井の人として生きる老母の言葉を、改めて反芻し自分の人生も考えてみた。

百歳の陽気なおばあちゃんが人生でつかんだ言葉

［目次］

百歳の陽気なおばあちゃんが
人生でつかんだ言葉

① 戦争がないだけでいい。

おばあちゃん（母）は大正十一年に、山陰の田舎町で生まれた。七人兄弟の長女で、末っ子の妹が生まれるまで、女の子は一人だったので、父親にずいぶんと可愛がられたらしい。

百歳の今日まで父親が好きだったと懐かしそうに話をする。兄弟が多いねと言うと、あの頃は戦争で、産めよ殖やせよの時代だったから普通だと入れ歯の白い歯を見せる。

長生きの家系だが、三、四年前に下の弟が続けて九十歳で亡くなり、今は八十七歳の妹と二人だけになってしまった。

　百二歳で逝った大叔母がいたが、自分が親族で一番長生きになりそうだと言う。わたしはもういつ迎えがきてもいいけど、神様がお招きしてくれる夢を、さっぱり見ないのだと笑う。

　おばあちゃんの青春時代はずっと戦争中だったが、戦争には負けると思っていたと言う。負けたらどうなるのだろうと、そちらのほうが心配だったらしい。どうして？　と妹の娘で、ハンブルク生まれの九歳の孫が訊ねると、町の三叉路に藁人形が置いてあって、そこを通るたびに、竹槍を持って、エイ、ヤァと突いて、鬼畜米英と叫んで通るのよ。竹槍で飛行機を落とせるわけでもないし、機関銃に勝てるはずがないでしょうが。誰でもそんなことはわかると竹槍を突く真似をした。

「ドイツは違うの」

姪は自分が住んでいる国のことを訊いた。

「お仲間だったからねえ」

「友達はたくさんいるよ」

戦争の歴史がまだわからない孫は、嬉しそうな表情をつくった。それから学校で仲のいい同級生の話をした。

「戦争でいいことは、何一つないわね」

そのおばあちゃんの頭は真っ白だが、顔は皺がなくつやつやしている。もう周りに知っている者がいなくなってきて、淋しいものだとしょんぼりとする時もある。

長生きするということは、孤独に耐えるということかもしれない。孤独とは淋しいということだが、その孤独の「孤」は親のいない子どものこと、「独」は身よりのいないお年寄りのこと。おばあちゃんは子どももいるし、身よりもいるから孤独ではないと言うと、しばらく考えるふりをしていた。

それからありがたいことかもしれないねと遠くを見つめた。その思いの中に、どんな感情が行き来しているのかわからなかったが、長生きするのも、案外とつらいものがあるのではないか。

それでわたしは言葉をつながなかった。声をかけておばあちゃんの思い出を潰したくなかったからだ。

すると正気に戻ったようなおばあちゃんは、ここまで生きてきたんだから、いい人生だと思わないといけないのよねと、無理に干からびた唇を広げた。

② 生きているだけで幸福。

おばあちゃんは原爆が投下される一日前まで広島にいた。市内の軍需産業の総務部で働いていたが、前日に夏休暇で帰省した。一緒に働いていた親友にも戻ろうと誘ったが、彼女のほうは帰省しなかった。

そして次の日、原爆が投下された。やがてトラックに積まれた被爆者が、町に運ばれてきて、おばあちゃんもその対応や手助けにかり出されたらしい。

朝になると、町の中心を流れる川には、多くの死体が浮かんでいる。その処理もしたが、広島に残っている友達が気がかりでしかたがなかった。

ようやく行けるようになり訪ねると、一面は焼け野原で、勤めていた会社はどこにもなかった。

親友が心配で訪ね歩くと、廿日市（はつかいち）の病院にいることがわかった。彼女は全身が焼けただれていて、どうしてアメリカさんは、こんなことをやるんだろうねえと泣いた。

彼女は田舎町では珍しいキリスト教徒で、熱心な信者だった。おばあちゃんも何度か教会に連れて行かれたことがあり、美しい讃美歌にうっとりとしたこともあると言った。

その幼友達が、仲間だと思っていたアメリカさんが、こんなことをすると思わなかったと言っていたが、直に逝ってしまった。今もあの泣き声が耳にこびりついていると言う。

それからおばあちゃんは、人間は生きているだけで幸福だと口にする。夫を

② 生きているだけで幸福。

失い、寡婦(かふ)を通して子どもを育てたが、母親というだけで、なにもかも犠牲にして生きてきたはずなのに、それでも幸福だと言う。

そのことを口にすると、また幼友達の話になったが、幸福も苦労も心の持ちようらしい。死んでしまえば、それらのことも味わえないということのようだ。

わたしは返答する言葉を持っていなくて、幸福なんて、夏の夜空を走る流れ星のようなものではないかと思った。

滅多にいいことなどないから、またいいことがありますようにと、手を合わせ祈るのだと思ったが、そのことは言わなかった。

③ いい人の真似をすればいいのよ。

ある時、おばあちゃんが近所のおばあちゃんと四方山話をしている時に、突然そう言った。わたしは子どもの頃からの顔見知りの老女だったので、近くでコーヒーを飲んでいた。

息子がどうした、孫がどうしたという話ばかりで、郷里のおばあちゃんの家には、毎日のように人が集まってきて、暇つぶしのおしゃべりをしている。

こちらはたまたま帰省していただけで、疲れていたこともあり、ぼんやりとしていた。それでその言葉を耳にしたのだが、相手のおばあちゃんの相談でも

③　いい人の真似をすればいいのよ。

あるらしかった。孫が中学を出ると、広島に出て料理人になりたいのだと言っているらしい。

「やらせればいいじゃないの」

おばあちゃんは突き放すように言った。

「あんたは他人事だと思って簡単に言うけどな」

相手の老女は期待していなかった返答なので、不平気味に言った。

「本人が好きなことならがんばるし、反対すると恨まれたり、嫌われたりするよ」

つきあいがながいのか、おばあちゃんははっきりと言う。嫌われるという言葉に、相手のおばあちゃんは動揺していた。

「それは困るなあ」

「それにあなたの子どもじゃないし。孫だわね」

「あなたもおばあちゃんがあれこれ口出しすると、困っていたことがあるじゃないね」

「それとこれは違うでしょうが」

「同じだわね」

相手のおばあちゃんは納得がいかないのか、まだ不満そうだった。孫というのはかわいいものらしい。それは自分の血が未来につながったと思うからかもしれない。

その頃のおばあちゃんにはまだ孫がいなかった。だから相手の気持ちがわからなかったのかもしれない。

結局、その孫は商業高校に行って、算盤や簿記の勉強をしたらしい。料理人になるという思いは変わらず、算盤と簿記の勉強以外はあまりやらず、なんとか卒業したようだった。

③　いい人の真似をすればいいのよ。

「やさしいところがあるんじゃないの」

帰省するたびにその少年のことが頭を掠め、おばあちゃんに訊いた。彼女はどういうことかと怪訝な表情をしたが、親や祖母の意見も聞いて、三年間、田舎にいてくれたのでそう思ったのだ。そして三年は遅れたが、はじめの目標も忘れず、初志貫徹をやった。

それから三十数年が経ち、少年は料理店で修業していたが、そのうちラーメン店をやり、大変にお金持ちになったようだ。

どうして高校に行くようになったかと訊くと、おばあちゃんに言われた友達のおばあちゃんが、その言葉を、少年が一番尊敬している叔父に頼んだみたいだった。

その男性は戦争から戻ってきて、がんばって努力し、土地を増やし、農家として成功した人物だった。おばあちゃんはいい人になるには、いい人の真似をすればいいとしゃべったらしい。

するとと好きな叔父さんの言葉が心に届き、孫は我慢した。それで将来も考えて、商業高校に行ったようだ。

言葉はどんなに立派な人が言っても、聞く相手が嫌っていれば伝わらない。その叔父は社会的には「立派」な人ではなかったが、少年が一番好きだったらしい。

相手のおばあちゃんは孫が言うことを聞き、なおかつ料理店できびしい見習い仕事をやったことに驚いたし、ラーメン店で大成功をした孫に、もっとびっくりしたらしい。その人は、おばあちゃんが言ったことを伝えたようだった。

そんなことを言ったのと訊くと、おばあちゃんはよく憶えていないと応じたが、その言葉が少年の心に届いたみたいだ。

「あなたも誰かの真似をしたのかね」

③　いい人の真似をすればいいのよ。

おばあちゃんはわたしに問いかけた。小説家になると言って、何年も家族を不安がらせたので返答に窮したが、あの言葉は憶えている。しかしいい年齢にはなったが、そういうことにはならなかった。

言葉は灯台の明かりのようなもので、その灯に導かれてわたしたちは進んで行く。明かりの行き先が間違っていれば、とんでもないところに行く。

世の中には悪い人は少ない。人は利害関係がなければ、案外といい人が多い。生きることに悩んだり、苦しんだりするのは、人間に煩悩（ぼんのう）があるかぎり、取り除くことはなかなかに難しい。

老人に穏やかに生きていると感じる人が多いのは、その煩悩が希薄になっていくからではないか。つまり人生が見えてきて、欲もなくなっているからではないか、とおばあちゃんに言うと、わたしは難しいことはわからんわねと言われた。

老いて、もういつ死んでもいいと言うお年寄りが多い気もするが、本当はそのことが一番欲深なのではないか。

そういうこともおばあちゃんに言うと、戦争で仲がよかった友達も逝ったし、お父さんも早く逝ったから、その分も、生きんと悔しいじゃないかと切り返された。

④ 米粒は拾えても愚痴は拾えんよ。

おばあちゃんはどんなことがあっても、滅多に愚痴や小言を言わない。話してもどうなるものでもないと言うのが口癖だ。そうするといいことでも逃げていくと言う。

それに少しでもいいことがあると思って、生きたほうが愉しいと応じる。そうなの？　と姪が訊くと、神様が言われていると言って、横を向いて知らん顔をしていた。

愚痴とは人が思い悩む心の動きのことだが、そんなことに左右されない人間はいない。仏教の根本原理で、貪欲・瞋恚とともに、もっとも悪い「三毒」のことを指す。

ちなみに貪欲とは欲が深いことで、瞋恚は憤りのことだ。煩悩まみれなのが人間だから、そんな人を探すのは難しい。

わたしたちは物事を人のせいにしたり、小言を言ったりして、責任転嫁をしてしまう。そうしたところで問題は一つも解決しないのだが、どうしても我が身のかわいさから、人のせいにしてしまう。

おばあちゃんは姪にそのことを言ったのだろうが、聞いていたわたしは、自分に向かって言われている気がして恥じた。

⑤ 見栄は大敵。

わたしが仕事を受けようか受けまいかと迷っていると、おばあちゃんが人間は少しでも見栄をはったら、いけんよと言った。その言葉を聞いてはっとした。小説が掲載されるようになってから、ある編集者に、仕事は断ってはいけない、関係性がそこで終わるし、無理な仕事を押しつけたと感じたら、相手も気にして悪いようにしないはずだと言ってくれた。

一度仕事をした後に、いいか悪いか再考をすればいいとも教えてくれたが、わたしはそのことを忘れていた。

「仕事はなに一つとして楽なものはないわね。その辛抱代がお給金。見栄は大敵だわね」

おばあちゃんは視線を合わせずに言った。すると訪ねてきていたドイツ生まれの孫が、見栄ってなーにと訊いた。

「格好よく見せること」

「ぼく、格好いいよ」

孫はおばあちゃんに言ってから、秘密戦隊ゴレンジャーの真似をして、ねっと声を上げた。

ドイツにいるから日本の漫画のことやアニメのことを知らず、日本に戻ると、テレビの再放送に釘付けになっているらしい。

「見栄だよ」

孫はゴレンジャーに成りきったまま言った。

⑤　見栄は大敵。

「そうね。格好いいわ」

おばあちゃんには孫の見栄はいいのかもしれないが、息子のわたしの見栄は嫌っている。見栄も面子もなんの役にも立たないことは知っているが、人間はどうしてほかの動物のように生きられないのか。

見栄や照れは人間だけのものかもしれない。あれからわたしはなるべく動物のように、シンプルな生き方ができればいいと思うようになった。

簡素な生き方が一番いいと気づいたが、人間関係が邪魔をすることもわかっている。そのこともおばあちゃんにこぼすと、孫の真似をして、シェーと手でわたしを切る真似をした。

⑥ うまくいくものは一つもない。うまくいかせるようにがんばるだけ。

一世紀も生きた人間はどういう思いで生きているのだろう。そういう目で、おばあちゃんを見ていることがある。

「毎日、なにを思っているのさ」

日向でぼんやりとしている時に訊いたことがある。

「なんも」

おばあちゃんは抑揚のない声で言った。

⑥　うまくいくものは一つもない。
　　うまくいかせるようにがんばるだけ。


「退屈じゃないの？」

「そんなことはもうとっくに通り過ぎたわね」

　わたしはどう返答していいか戸惑った。するとそばでなにか書いていた姪が、
おばあちゃん、やることがないの？　わたしはいっぱいあるよと言った。

「元気なだけ」

　おばあちゃんは目も脚も悪いのに元気だと言う。強がりで生きているかもしれないが、わたしはありがたいと思っている。生きるにはなによりも気力が必要だ。

「勉強もしなくていいの？」

「それはやったほうがいいわねえ」

「わたしは絵を描くことと、お話をつくるのが好き」

　子どもの頃のわたしは寝物語をせがんだ。おばあちゃんの創作話はおもしろ

く、同じ話の中に、八岐大蛇(やまたのおろち)や野口英世も出てくるし、エジソンも河童(かっぱ)も出てきた。

そのうち眠ってしまうのだが、夢の中でそれぞれがごっちゃになって、自分で続きを作り上げていた。物書きの端くれになれたのも、彼女のおかげかもしれないと思う時がある。

「なにを書いたの?」

おばあちゃんはそばで熱心になにかを書いている孫に訊いた。はい、と小学生の孫が見せると、おばあちゃんは眼鏡をかけ直した。じっと見下ろしていたが、なにを書いているのかわからない。

「上手でしょ?」

孫が嬉しそうに尋ねても答えがない。わたしも覗いて見たが、さっぱりわからない。二人で顔を見合わせた。

⑥　うまくいくものは一つもない。
　　うまくいかせるようにがんばるだけ。

「なんて書いたのさ」

わたしが訊いた。

「お文字」

幼い姪は父親の仕事の関係で、ドイツで生まれ、小学校の途中からアメリカの学校に通っている。彼女は褒められたいのか、おばあちゃんの顔を見ている。

「日本語だよ」

「そうかね」

おばあちゃんは呟くように応じたが、判然としない。それはわたしも同じだった。

「こうして読むんだよ」

孫は白い紙を縦にした。すると文字が読めた。アメリカから日本にきて、おばあちゃんの家で弟と遊んでいるということが書いてあった。おばあちゃんは驚き、魔法みたいだねとかろうじて言った。

それからわたしの妹になにか言いたそうだったが、そのうち自然と直るからいいのと、先回りされて言われ、また口を噤んだ。

そこにわたしの妻が、はい、美味しいですよと、妹が持参したアメリカ産のさくらんぼを持ってきた。

「アメリカさんは体も大きいから、さくらんぼも大きいんやろうかね」

日本語を横に絵文字のように書き、それを縦にすると、ちゃんと日本語に読めたことに動揺しているおばあちゃんは、わけのわからないことを言った。

「偉いでしょ？」

前歯が欠けた口で、さくらんぼを食べている姪が笑った。

「ぼくも」

姉の真似をしたい弟は、まだ字が書けず、白い紙に線を引っ張っただけだっ

⑥　うまくいくものは一つもない。
うまくいかせるようにがんばるだけ。

たが、おばあちゃんが複雑な顔をしたのは言うまでもない。

うまくいくものは一つもない。うまくいかせようとがんばるだけ。わたしは突然、おばあちゃんが言っていた言葉を思い出し、そのうち直るよと、妹と同じように言ってやりたかった。

しかしおばあちゃんのほうが、偉いねえと孫の頭を撫(な)で、自分の気持ちを宥(なだ)めようとしていた。

⑦ 死ぬまで働きたい。

おばあちゃんはわたしたちの近くで暮らすようになっても、一人暮らしをしている。それで手押し車を持って、買い物に行く。途中で知り合った人と立ち話をしたり、お茶をご馳走になったりもしている。

そのおばあちゃんが買い物に出かけたが、いつものお店に一向に着かない。どうしたことかと思っていると、目が悪いので、反対側の道を進んでいたらしい。

そのことを愉しそうに話していたが、わたしは笑えなかった。人の手を借り

⑦　死ぬまで働きたい。

たくない、同情されたくないというのが強すぎるのだ。目も脚も不自由で、その上、耳も少しずつ遠くなってきた。

本人は生まれた土地を離れるのを嫌がっていたが、わたしが生木を裂くように呼んだので心が痛んだ。きても一緒に住まないというのが条件で、花や野菜を植えられる庭もほしいと言った。

一度として物ねだりをする人ではなく、なんとか郷里から離れるのを、抵抗しようとしていた。それでそう遠くないところに住んでもらうことにしたが、今でもなにもかも自分でやろうとする。

わたしは近くに住むことになり安心したが、田舎の知人たちからよく電話がかかってきて、そのうち慣れた。しかしやがて音信も途絶えた。

「電話がなくなったら、死んだと思うてくださいよ」

そう言う友達が多かったらしい。だが実際そうなった。仮に命があったとしても、施設や病院に入っていて、自分で連絡がとれない。

「しかたがないわね。長生きすると、みんなそうなるわね」

おばあちゃんはわざと陽気に言ったが、その言葉の裏側に淋しさがあった。

それでも子どもに頼らず、自分で生きようとする気力はなんなのだろうと思うが、わたしにはわからない。

そして五年前に肺炎に罹(かか)って、一命を取り留めたが、今はケア・センターに入所している。

「元気にしているの？」

面会に行くと、反対に訊かれた。あちこち生活習慣病の巣になってきた馬鹿息子を心配しているのだ。

「わたしは元気」

おばあちゃんは自慢げに言った。わたしは仲良くしている女性が、訪ねてきてくれたことを報告した。それじゃあ、家に戻るためにも、早くコロナ・ウイルスがなくなってくれんといけんねと言った。

「なにかやりたいことがある？」

「仕事がしたいわね」

しばらく郷里や家族のことを報告した後に、何気なく訊くと、彼女は即座に言った。わたしはびっくりした。

あちこちが不自由なのに、どういうこと？　一瞬、惚けたのかと思った。じっと目の奥の感情を探ろうと見ていると、訴えるように視線を向けていた。

「死ぬまで働きたかった」

おばあちゃんは強い口調で言った。

「今も？」

そばで聞いた介護士が、おばあちゃんはすごいわねえと驚くと、誰にもまだ負けんよと強がりを言った。

わたしは認知症でないことに安心した。それから自分には同じ血は流れていない、生きる力は完全に負けているなと感じた。

⑧ おばあちゃんは孫を甘やかすのが仕事。

若い頃のおばあちゃんは、子どもには案外と厳しい人だった。それは夫が早くに逝ったから、子どもを育てるのは、自分の役目という気持ちが強かったからかもしれない。

しかしわたしたちが高校生になると、これからはなにをやっても、自分の責任だと言って、ああしろ、こうしろとは決して言わない女性になった。自分の母親を反面教師としていたらしい。

その母親は世間体を気にする人で、子どもの頃にはあれをしてはいけない、これをしてはいけないとよく言われたようだ。それで大変に窮屈したと、九十年近く経ってもこぼすことがある。

まだ十代の頃、祭りに行きたいのに、どうしても許可が出されず行けなかったが、その後、十年近くが経ち、妹が祭りに行きたいと頼むと、母親は許してしまったというのだ。

それで戻ってきて愉しかったことを話すから、よけいに自分が不憫になり、哀しかったと言う。

当時の祭りに若い娘が一人で行くことは、危険だったのかもしれないし、その間に父親が亡くなったので、母親の規制もゆるんだのではないかと言っても、彼女は依怙贔屓したのだと言い張る。

それにもう九十年近く前のことで、まだ幼かったからだと言っても、そうではないと認めない。

⑧　おばあちゃんは孫を甘やかすのが仕事。

そのおばあちゃんの夢は、中国大陸に渡って馬賊になるということだった。なぜ馬賊かわからない。どうしてそんなことを思いついたのかと訊くと、当時、親族に製菓業をやり、それを大陸に輸出していた者がいて、おばあちゃんはその家によく遊びに行っていたらしい。それで中国の話を聞き、勝手に夢想したみたいだ。

だがそうはならず、わたしの父と一緒になり、早くに逝かれ苦労の多い人生だったはずだ。それでも一度も苦労だと思ったことはないと言うが、それは自分に言い聞かせていただけだろう。

原爆投下で亡くなった幼なじみのことや父親のことを思うと、生きているだけで幸福だと言う。その上、三人の子どももたちもいるから、これ以上のいいことはないとも言う。そのおばあちゃんの気丈夫のおかげで、わたしたちは生きてこられた。

ありがたいと思うしかないが、彼女と自分のことを照らし合わせると、いつもどんな生き方がいいのかと思案してしまう。馬賊ってなーに？　と孫が訊くと、大草原を馬に乗って走り回るのだと言って黙った。

馬賊が盗賊だということは孫には言わなかった。おばあちゃんもちょうど孫ぐらいの年齢だったので、知らなかったのかもしれない。

わたしは当時の男の子たちが、兵隊さんになりたいと思っていたことと同じではなかったのかと、ふと思った。しかしなにも言わなかった。幼かった頃の夢が弾けると思ったのだ。

「孫にはやさしいね」

わたしは揶揄（やゆ）するように言った。

「当たり前だわね」

「どうしてよ」

⑧　おばあちゃんは孫を甘やかすのが仕事。

「子どもを育てるのは親の役目でしょう。わたしは孫を育てません」

わたしは確かにと思い返答ができなかった。すると幼い甥は、わたしが怒られたと思ったのかにこにこしていた。

「子どもを生んだだけで、孫は生んでおらんからね」

おばあちゃんは追い打ちをかけるように言葉を浴びせた。年寄りは孫を可愛がるのが仕事。おばあちゃんは顎を少しだけ挙げて、偉そうにしていた。

⑨ どう生きても大差はない。

おばあちゃんの脚は百年も歩いてきたので、悪くなってきた。それでもペンギンのように歩き、自分のことはなんでもやろうとする。毎日、かけっぱなしのラジオでニュースを聞いているので、世間のこともよく知っている。

夜中に目を覚まし、「深夜特急便」を聞いているらしい。それでイヤホーンをかけたままよく眠っていると照れくさそうに笑う。

以前、わたしが日本経済新聞にコラムを持っている時に、おばあちゃんのことを書くと、講演の依頼がきた。

てっきりわたしのことだと思っていると、彼女への依頼だった。その話をすると、おばあちゃんはやってもいいよと乗り気になった。

一時間半も話をするんだよと言うと、さすがに戸惑いを覚えて断念したが、なんでもやる気があるので、本当に自分の親かと思ったほどだ。

そのおばあちゃんの生きる力は、どこにあるのかと見つめる時がある。娘時代は戦争中で、結婚後は早くに夫を失い、寡婦を通して子どもを育てた。自分のことは犠牲にして生きてきたはずだ。

本能というだけで割り切れないものがあるが、それもおばあちゃんの人生だと思うしかない。しかし彼女のことを思うと、つい自分の人生も思い浮かべてしまう。

人のことや物事を考えるということは、自分について考えるということでもあるが、どんな人生がいいのか今以てわからない。それで人生はなんだろうねと訊くと、深く考えないことと平然と言われた。

「本当にそう思う？」

「考えても考えなくても、あまり大差がないわね。時間が解決してくれるだけだわね」

おばあちゃんは若い頃から厭なことがあると、さっさと寝床に入り、すぐ寝てしまう癖がある。それによく眠る。

「眠るのも生きるためでしょうが。人生の三分の一は寝ているんだから、仕事みたいなもんじゃゃないの？」

そのことを揶揄すると、反対に問い返すように訊いてきた。

眠ることも仕事なのか。それなら働くことと同じように、真剣に眠らなければならない。働くのも仕事、眠るのも仕事。おばあちゃんはそんな考え方をしているのか。

⑨　どう生きても大差はない。

それで元気で、そのことが生きる原動力になっているのかと思うと、その気骨がとても自分の親だとは思えず、またじっと見つめた。

⑩ なんでも注意をしてやりなさい。

おばあちゃんが韓国の受験戦争をテレビで観ていて、日本の学校と同じじゃねと言った。それから虐待みたいなもんだと呟き、人生はどこでどうなるかわからないから、あくせく生きてもしかたがないとも言った。

自分が呟いたとおりに生きてきたと思えなかったわたしは、おばあちゃんが気忙しく生きてきたことを知っていたので、口を閉じていた。

しかしおばあちゃんのように一世紀も生きていないが、わたしも案外と生きてきた。それで気づいてきたのか、彼女が言うように、どう生きても大差がな

⑩　なんでも注意をしてやりなさい。

いと考えるようになった。

なにがあっても、最後は家族が助けんといけんよと付け加えた。おばあちゃんに言わせると、家族も組織も内部から壊れていくらしい。外からの攻撃はみんなで一丸となってがんばったり、助け合ったりするからなかなかに壊れない。だから奥さんの悪口を言っちゃいけんよということになる。確かにおばあちゃんは身内の悪口は言わない。なにか悪いことをすると、次はやっちゃいけんよと促し、理由も訊こうとはしなかった。

それでいいかげんなわたしは、学校を休んで、八十キロ先の松江の叔母の家まで行ったことがある。

日本海の美しさや中国山地の山々を見ながら自転車を漕いだ。国引き神話の大山（だいせん）と三瓶山（さんべさん）が見えたし、海原に横たわっている島根半島を、絶壁の上からながめていた。

夕暮れに宍道湖に着いた時には、湖上の夕焼け雲に目を奪われ、陽が沈み、あたりが暗くなるまでながめていた。本当に神様がいるのかと思ったほどだ。あの日のことは今も瞼の裏側に焼き付いているが、学校で習ったどんなことよりも印象に残っている。

次の日の朝早く、列車に乗って学校に通ったが、自分が急に大人になった気がして嬉しかった。

その時も学校はどうしたとか、なぜ行ったのかと訊かなかった。一日がかりの松江行きを、愉しそうに訊いてくれたが、あのことは思い出深く何度も小説に書いた。

そんなこともあり野放図な性格になった気もするが、彼女の子どもでよかったと思うことがある。

その上、動物好きだったわたしは、犬や猫、鳩に雉、川土手から拾ってきた雄山羊、亀に兎と、気に入った物はなんでも持って帰って育てたが、そのおかげで餌代にも窮した。

中学生だったわたしは、しかたなく新聞配達をすることにした。同級生で、小学校五年から大学に入るまで配達をしている者がいて、わたしは密かに偉いなあと思っていた。親は公務員で、生活が苦しいわけでもないのにがんばっているのだ。

その人物とは今もつきあいがあり、人の痛みがわかる好漢だ。現在は幼稚園の理事長をやっているが、この六十年間、怒ったところを見たことがないし、人のために尽くす。

わたしも真似をしなければと思うが、なかなかできるものではない。それでやってみたのだが、事故を起こしたこともあり、三ヵ月で挫折してしまった。

働く前におばあちゃんに言うと、なんでも注意をしてやれと言われた。親類は世間体があるとか、父親が亡くなり母子家庭だから、働かされているのだと言う人間もいたが、彼女は笑っていた。

それでいろんな家庭ややさしい人がいることを知った。丘の上から日本海が少しずつ明るくなっていく景色は、あの松江行きと同じように忘れることができない。

それと同時に、朝早くからさまざまな人が働いていることもわかったし、お金を稼ぐことが大変だということも知らされた。それを小学生の頃から八年間、一度も休まずに続けた同級生には、今もコンプレックスがある。逆に早くに尊敬できる、立派な人間がいると気づかされ感謝もしている。

学校で通り一遍の勉強をするよりも、大切なものがあると偉そうに思うようにもなった。そういう見方が少しでもできるようになったのは、おばあちゃんとその友人のおかげだと思い込んでいる。

⑩　なんでも注意をしてやりなさい。

あの時、なんの反対もせず、なんでも注意をしてやりなさいよというおばあちゃんの言葉は、いい思い出をつくることができてありがたかった。

⑪ 惚けるくらいなら死んだほうがまし。

コロナ・ウイルスが蔓延し、おばあちゃんは入所していたケア・センターから出られなくなった。その五年前の九十五歳までは一人で住み、買い物も炊事もみな自分でやっていた。

それが肺炎になって半年間入院し、その後、足腰が弱くなったので、リハビリを兼ねて、ケア・センターに入所することになった。そのおばあちゃんに月に十日前後、家に戻ってもらい、わたしが世話をするようになった。

ケア・センターで仲良くしていた老女が、次の朝には惚けて、あんた、だーれ、と訊くのだと言う。それで惚けたら人間やろうかねと言う。

みんないずれはそうなるんだからと応じると、なにを言い出すかわからないからなりたくないと真顔で応じる。

「しゃべりたくないことがあるの」

わたしは興味を持ち尋ねた。

「秘密を抱えて生きているのが、人間じゃないのかねえ」

彼女は戦争中、結婚を約束していた男性がいて、無事帰還したら一緒になるはずだったと、叔母に聞いたことがある。それで亡くなったと言われ、敗戦後、三年経って父と結婚し、わたしが生まれた。

そのことを聞いて複雑な気持ちになったが、その男性は生きていて、父が亡くなった後、子連れでもいいから一緒になろうと言われたらしい。

叔母はわたしのことなど配慮せず、愉しそうに話していたが、おばあちゃんは決してそのことをしゃべらない。

「あるでしょうが、あなたも」

自分のことは答えたくないのか、反対に訊き返した。

「あるよ」

「そうでしょう」

妻に話せてもおばあちゃんに話せないことがある。またその逆もある。生きていればいろいろな秘密が増えていく。長生きしている彼女にもたくさんあるはずだ。

その後、おばあちゃんはなにかを思い出したのか、押し黙っていた。妻が、お茶にしませんかと誘うと、ほっとしたのか、そうだねえとテーブルの前に座った。

それからいただき物の羊羹(ようかん)をぺろりと食べ、妻が、もう一つどうかと訊くとまた食べた。思い出した苦い秘密のことを、好きな甘い物で中和させようとしたのかもしれない。

どんな秘密でもおばあちゃんの人生だ。十分年齢を重ねているのだから、もういいんじゃないとからかいたかったが、わたしもお茶を飲んで、喉元まで出かけた言葉を押し戻した。

⑪ 惚けるくらいなら死んだほうがまし。

⑫　文科省は全国的に親不孝者をつくっている。

おばあちゃんは五十代になる前に、突然、暗いカーテンが下りてきたようになにも見えなくなった。

町の眼科に通院していたが一向に治らない。そのうち大学病院に行くと、どうしてもっと早くこなかったのかと窘(たしな)められたらしい。

その医師は治療が的確で、視力は元に戻らなかったが、日常生活はなんとか送れるようになった。

膠原(こうげん)病と診断されてもつらいとか怖いとかこぼさない。一人生活をしているので、猫家族が家に住み着いた。彼女たちも目が悪いおばあちゃんに、安心していたのかもしれない。孫たちは猫屋敷とからかっていたが、帰省するとみな可愛がっていた。

毎年増える仔猫を、誰かに世話をするのが、おばあちゃんの一番の仕事になった。それで親類や幼友達の家も、猫を引き取ってもらった。

「このままじゃ増えていくばかりだよ」

わたしは呆れた。

「捨てるわけにはいかないしねえ。可哀そうでしょうが。仔猫がおなかを空かして鳴くと、あわれに思うじゃないね。あなたの家にも、何匹か持っていってくれんね」

どうやら困っているのは、おばあちゃんのほうだった。去勢をするしかないと言うと、そんな残酷なことはできないと顔を曇らせた。

しかし都会の我が家では飼うことはできない。家に閉じ込めていては、反対に可哀そうだ。それに犬もいる。

ようやく承諾してくれたが、猫はいつまでも腹の傷口を舐めていた。仔猫も真似して、一緒に舐めていた。母猫を哀れに思ったのかもしれない。わたしは見ていられなかった。

そしておばあちゃんが一人で暮らし、淋しかったからではないかと考えると、もっと心が痛んだ。

「文科省は全国的に親不孝者をつくっているのよ。学校を出ても、誰も戻ってこられんのだから」

おばあちゃんはなんの関係もない文科省に不平を言った。三人の子どもが誰も戻ってこないから、わたしたちに言えずそう言ったのだ。

家族の「族」という文字は、弱い者が群がり集まって生きることをいい、そ

⑫　文科省は全国的に親不孝者をつくっている。

の最小単位が家族で、親族、一族、部族、民族と大きくなって、国家を形成していく。そのことを思い出したが、おばあちゃんの反撃に遭いそうだったので、母猫のほうに視線を向けていた。

するとひょっとしたらおばあちゃんが女性で、子が産めなくなる猫の心の痛みがわかるから、わたしより悲しんでいるのではないかと思った。

「今日はなにかおいしい物を食べようか。あの猫たちも一緒に」

するとおばあちゃんは、息子のわたしよりも、手術をした猫に、おいしい物を食べさせたほうがいいと言った。

⑬ なんでも腹六分目。

おばあちゃんは小学校一年の時に、西瓜(すいか)を満腹になるほど食べたらしい。すると夜中におなかを壊して一晩中苦しみ、朝になると、もう言葉が出ないくらい焦燥し、二度と食べすぎないと決心したようだ。

それから九十年以上、満腹になるまで食べなくなった。腹八分でも食べすぎだと思うようになった。それで二十歳の頃の服が今でも着られ、太ったことがないと言う。

お寿司でも三、四個つまむだけで後は食べない。ラーメンも半分。あまり好きではないお蕎麦(そば)は、初めから頼まない。

虎でもライオンでもお腹が空かないと食べないと言うのが、おばあちゃんの持論だ。家族は心配しているが、そのうち長生きしているのは、そのためだと考え直し、なにも言わなくなった。

ただし甘い物は口にする。ケーキやアイスクリームは大好きで、毎日のように食べるし、コーヒーには何杯も砂糖を入れる。砂糖のほうが多いほどだ。

糖尿病になるのではと不安になるが、糖分は脳の働きにいいらしいよと言う。ほかは食が細いので、家族も逆に、惚けていないのもそのせいかと思うようになった。

いつも一人でしゃべり続けているし、そのことも脳の活性化につながっているのではないかと言うと、そう、そう、と喜んで、また砂糖の量も増える。

「西瓜のおかげで長生きしていることに、なるねえ」

⑬　なんでも腹六分目。

わたしはからかった。

「もう味も忘れてしまったわね」

「今度、食べてみる?」

おばあちゃんはしばらく思案するようにしていたが、そうだねえと言った。

「甘いものが好きなのに。食べてもいいんじゃないの」

「もう十分長生きしたから、食べてみるかねえ」

妻がなにもそこまで我慢することはないのにというふうに、わたしに視線を流して笑った。その後、一緒に食べたが、こんな味だったかねえと嬉しそうに頬張って(ほおば)いた。

⑭ 別れないこつは、どんなことがあっても
別れないと決心すること。

⑭ 別れないこつは、どんなことがあっても別れないと決心すること。

わたしが結婚する時、おばあちゃんが何気なく言った言葉。昔の人は会ったこともない人や、好きでもない人とでも結婚した人は多くいるし、それでも別れる人は少なかったと言う。

確かに戦争で夫が亡くなり、義弟と結婚した未亡人もいるし、商売の跡取りとして、顔も知らない男性と結婚させられた女性もいる。それでもうまくいっている人はたくさんいる。

今日のように三組に一組は離婚する時代とは違い、離婚率も少なかった。みんな我慢したのだと言う。

「忍耐と辛抱。甘えていいことは、一つもないわね。甘えは人の根腐れを生むわね。それとお嫁さんの悪口は言っちゃあいけんよ」

妻と別れないで生きてこられたのは、おばあちゃんの言葉が、どこか頭の隅にこびりついているからかもしれない。それと親族を見渡しても、誰も離婚をしている者はいない。

「ギネスブックに載ってもいいんじゃないの」

わたしは冗談まじりに言ってみた。

「なんでも決心することだわね」

しかし離婚はいないが、わたしはおばあちゃんが、親族では一番早く夫と死別していることを思い出した。それから忍耐と辛抱で生きてきたのだろうかと思案した。そのご褒美(ほうび)が長生きではないかと喜んだ。

⑭　別れないこつは、どんなことがあっても
別れないと決心すること。

⑮ 思い出はみな財産。

わたしは子どもの頃、河童（かっぱ）はいると信じていた。それと八岐大蛇（やまたのおろち）もいると思っていた。中学生の時、初めて出雲の斐伊（ひい）川を目にしたが、この上流に大蛇がいるのだと思っていた。

出雲神話のことを知ったのは、おばあちゃんの寝物語だったのだが、その中に河童は関係がないのだが、よく登場した。

おばあちゃんがいつも見たと言うので、川に釣りに行った時は、水草の向こう側から出てくるのではないかと不安になった。

⑮　思い出はみな財産。

そしてあれから七十年近く経っても、おばあちゃんは決して譲らない。何十回話しても引かない。それでこの数十年は相づちを打ちながら聞き流している。

「本当にいるの」

話の上手なおばあちゃんが集まった孫たちに話していた。

「いるよ」

孫たちは真剣な表情を聞いている。場所は夕暮れの曇り空。背丈は一メートルくらい。頭の皿の大きさはこのくらいと、両手の指で輪っかを作って示した。

「笹は持っていたの」

「どうだろうね。持っていなかったかなあ。なにしろ動転していたからね」

おばあちゃんは驚いて身動きできず、ようやく我に返ると、一度も後ろを振り向かず走って帰ったのだと言う。孫たちは瞬きもせず聞き入っている。どうやら想像力が膨らんで、言葉が出てこないようだ。

「後から思い出したら、河童が口を広げて笑っているの。それから持っていた笹で手招きするの。こうやって」

おばあちゃんは自分の手を上げて、ゆらゆらと動かした。三人の孫たちは緊張したままだ。

「そこの川にもいる？」

姪が訊いた。その川はわたしがよく釣りに行くところだ。鯉も鮒もいるが、近年はブルーギルが増えた。鰻も釣ったことがある。

「いると思うわよ」

「じゃあ、ドイツにもいる？」

おばあちゃんは一瞬言葉に詰まったが、同じようにいるんじゃないかねえと応じた。

「ドイツ語でしゃべるの？」

⑮　思い出はみな財産。

「さあ、ねえ」

「服は着ているの」

「どうだろうねえ」

姪の想像はますます膨らんでいる。彼女が質問するたびに、おばあちゃんはわたしと目を合わせなくなった。すると一番下の孫が、姉と探しに行こうと言い、蟬を取る網を持って出かけた。

「信じてしまったよ」

わたしはおばあちゃんを茶化すように言った。

「本当に見たんだから」

「思い込みじゃないの」

たとえそうだとしても、百歳になるのに疑わない。

「学問の初発は疑うことなんだけどなあ」

「なんのね」

「当たり前だと思っていることを」

「わたしの言うことを嘘だと思っているんでしょうが」

まあね、と応じた後にしまったと思った。老いたおばあちゃんの夢を壊してどうすると思ったのだ。

「でもいろいろと夢想して、感受性が養われるかもしれない」

わたしは言い訳をするように言った。

「本当のことだわね」

おばあちゃんはそっぽを向いたままだ。これからどういうふうになるかは知っているので、そうだねと宥(なだ)めるように返答をした。改めて老いたおばあちゃんと言い合ってもしかたがないし、どんなことがあっても引かないこともう十分わかっている。

その思い込みがどこからくるのか、今以てわからない。惚けてもいない。それどころかこちらが絶句することがあるほど、頭の回転もまだいい。河童の話を何度聞いても、状況も姿も間違いなくしゃべる。

そう言う心の中に、どんな思いがあって拘っているのかと考えるが、絶対に見たと主張する。若い頃にはわたしも抗っていたが、今回はそのことを忘れてしまった。

「あなたねえ」

おばあちゃんは静かな口調で言った。わたしは思わずはいと応えてしまった。

「少しばかり知識があっても、偉そうにしちゃあいけんよ」

「そんなつもりはまったくないけど」

「あるように見えるわね」

「そうかなあ」

「知識があったとしても、親を馬鹿にしちゃいけんよ」

もちろんそんなつもりはない。それに賢いと思われる人は、経験と知識がある人だとわかっている。

子どもが賢いと言われるのも、読書をして疑似経験をしているからだし、お年寄りが賢いと言われるのは経験が豊かだからだ。

わたしよりおばあちゃんのほうが、人生の経験を積んでいる。それにおかしな息子を育ててくれたのだ。その敬意もある。

「してないよ」

「ならいいけどね。子は親を絶対に抜けないんだから」

おばあちゃんは少し鼻の穴を上げて笑い、偉そうに言った。それから訪ねてきた娘と妻とおしゃべりをしていたが、やがて孫たちが明るい声を上げて戻ってきた。

「いたか」

わたしが訊いた。

「いなかったよ、どこにも」

「そりゃあ、残念」

「でも案山子がいたよ」

ドイツで生まれ育っている二人は、案山子のことは知らない。それを説明すると、ふーんと言っていたが、絵を描くのが好きな姪は、さっそく絵描き帳に書いていた。

わたしはその姿を見て、一瞬、おばあちゃんが子どもの頃に見た河童は、本当は案山子ではないかと思った。

しかし彼女の感受性を養ったはずの河童のことは、もうなにも言わなかった。思い出は財産になると考えたのだ。

⑯ 笑顔に勝る化粧はなし。

わたしはおばあちゃんが、薄い口紅やリップクリームをしているのを見たことがあるが、化粧をするのを見たことがない。

夫を早くに失い、子どもを育てるために、懸命に生きてきたからかもしれないが、鏡の前に座るのは、お風呂から上がった時に、化粧水を当てるくらいなものだった。

しかし現在、皺も少なく、しみもこめかみのところに一つあるだけだ。

「わたしのことをみんなが若いというのよ。歳を聞いたら、驚いておるわね」

おばあちゃんは自慢げに言った。

「どうしてだろうね」

「なにもかまわなかったからじゃないの」

そうかもしれないし、そうでないかもしれない。実際、わからないが遺伝なのかもしれない。

「どうして化粧をしなかったの」

それで思わず訊いてしまった。

「そんな暇はなかったわね。娘時代は戦争だったし。あなたたちを育てるのに忙しかったし。自分の顔を見る暇もなかったわね」

おばあちゃんが化粧をしなかったのは戦争もあるし、三人の子どもを育てるために懸命だったし、お金がもったいないということだったのかもしれない。

わたしは言葉に詰まった。

⑯　笑顔に勝る化粧はなし。

「申し訳ないですねえ」

わたしは正直に言った。

「わたしたちの時代は運が悪いわね。男の人は戦争に行って亡くなってしまうし、今の若い人たちのように、手もつないだことがないし」

おばあちゃんは羨ましそうに言った。改めてそう言われると、驚くものがあったが時代は変わる。そして今の繁栄は、おばあちゃんたちの犠牲の上にあるのだと思い返すと、複雑な感情が行き来した。

「戦争がなければお父さんとも知り合わなかったし、あなたたちも生まれてこなかったんやから、人生はどこでどうなるかわからんわね」

「よかったんだろうかねえ」

二人が結婚しなければわたしは生まれてこなかったのに、こちらは他人事のように言った。

⑯　笑顔に勝る化粧はなし。

なにかあってもしかたがないと言うのはおばあちゃんの口癖だが、人生はしかたがないということばかりなのかもしれない。

「反対にあまり化粧をしなかったから、しわもしみも少ないのかもしれないよ」

わたしがそう言うと、そうかねえと嬉しそうに応じた。

「笑顔に勝る化粧はないでしょうが」

おばあちゃんは素っ気なく言ったが、その後、わたしはその言葉でエッセイを書いたことがある。すると案外と評判になり、いい言葉ですねとか、しゃれた言葉ですねと言われた
しかしおばあちゃんには言わない。わたしが言った言葉だと自慢されるのもしゃくだし、ただ子どもを育てるために忙しく、化粧をしなかった理由が、その言葉に詰まっている気がしたからだ。

⑰ 孫が一番、お嫁さんが二番、子どもが三番、お父さんが四番。

ある時、テレビを見ていると、親が子殺しをしたというニュースが流れていた。

「いやな事件やね。子は宝というのに、最近はこういう話が多すぎるわね」

おばあちゃんが顔をそむけた。わたしもそうだと応じて、チャンネルを変えた。

「どんなことがあっても、やってはいけんことがあるわね」

⑰ 孫が一番、お嫁さんが二番、子どもが三番、お父さんが四番。

二人で住むようになって、昔話をしたり、子どもの頃の話をしてくれたりして、わたしは一緒に暮らすのも、悪くはないと思うようになった。

「生きていたら、いつかはいいこともあるのに」

「そう思っているんだ？」

「当たり前じゃないね」

「いい性格だね」

おばあちゃんはまったくお酒が飲めない。それでもこちらと一緒にいるので、コップ半分だったビールが、コップ一杯飲めるようになった。

百歳に近くになってビールの味もわかるようになり、美味しいものだと笑う。父やわたしが飲むのも理解できるようになったとも言う。

その父が逝って六十年が経つが、彼のいいことも悪いことも、しゃべってくれるようになった。お酒飲みだったが、女性関係はなかったし、賭け事もやらんかった人でよかったと言う。

「悪いところは？」

わたしはもっと訊いてみたかったので尋ねた。

「お酒を飲みすぎるところだったわね」

確かによく飲んでいる人だった。酔ってみんなと軍歌を歌ったりしていたが、麻雀や花札をやっている人たちを見ていても、自分はやろうとはしなかった。

「悪いところは真似しちゃあいけんよ」

こちらも似ているところがあったので、はい、はいと生返事をした。以前は酔っぱらうまで飲む品のよくない酒飲みだったが、最近は自制がきくようになった。それで父よりも長生きをしているのかもしれない。

四十歳で逝った彼と同じ歳になった時、こんなにも若くして逝ったのかと言葉を失ったが、自分は健康だと過信している者ほど、突然、閻魔（えんま）様が足を引っ

⑰　孫が一番、お嫁さんが二番、子どもが三番、お父さんが四番。

張ると思う時がある。

それから母の苦労が始まったのだが、わたしはちっとも苦労なんかしていないと言うのも口癖だ。

女手一つで三人の子どもを育てるのは大変だったろうと今ではわかるが、決して体のあちこちが痛いと言う人ではなかった。

弱音を吐けば子どもたちが不安になる。心配もする。心細くもなる。そう感じさせたくないから言わなかったのだろうが、よく子どもたちを笑わせる人だった。

自分が明るく振る舞うのも、病気や怪我でつらくともこぼしたことがない。相当に心労の多い人生を送ったはずだと思案するが、みんなが健康だったことも、家族の中が暗くならなかった原因の一つだろう。

しかし五十歳前後から、原因不明の病気にかかるようになった。わたしたち三人の兄弟は東京にいたが、親戚や友人に助けられて、あちこちの病院に通っていた。大学病院にも入院し、何年もわたしたちを動揺させた。

苦労が生きていく手応えになると言ったことがあるが、あれは今でも本音だろうかと思うことがある。息子のこちらもそんなことはないはずだと感じているから、いい年齢になった現在でも思案する。

「真似はしていないけど、似てきたところはあるね」

わたしが父と同じように酒飲みになってから、彼が好きだったものをお酒のあてにして、飲んでいることに気づかされた。

「まっすぐの人やったわね」

「なにが?」

「気持ちが。猪生まれやったからかもしれんよ」

猪年生まれと性格はなにも関係がないだろうし、猪突猛進なら融通がきかない人間になるが、ハモニカのうまい人だった。

みんなが歌うどんな曲にも伴奏を入れていたが、一人で吹いている時の淋しそうな音色のほうが、哀愁を帯びていて、わたしは好きだった。

「いい人じゃったよ。お酒以外は」

「本気ね」

「本当も本当。嘘ついてもいけんでしょうが」

母が力強く言ってくれた言葉に、なんだか安堵したことを憶えているが、今はもう疑うことをせず、素直に聞き流そうと思っている。

今更思案したところで昔が戻ってくるわけではない。父が三途の川を泳いでこちら岸に戻ってくれるわけではない。それに彼は泳げなかった。

「あなたも気をつけんと。お水でもたくさん飲むと毒になるんやから、お酒はもっと毒だわね」

⑰　孫が一番、お嫁さんが二番、子どもが三番、お父さんが四番。

人生はなんでもほどほどが一番。そう言うのも彼女の口癖だ。しかしお酒だけはわたしもほどほどができない。多分、口卑しいのだろうが、飲めてよかったと思うことはしばしばある。

哀しければ飲んでもっと哀しくなるし、嬉しければもっと嬉しくなるが、つらい時や苦しい時はその感情を和らげてくれる。

勝手にそう思って飲んでいるが、外で飲むよりも、老母と飲むお酒も悪くはないと感じるようになった。

妻も一滴も飲めないので、それまでのわたしは家で晩酌もしたことがなかった。もっぱら安酒場で、一日の疲れを癒して帰宅していた。妻には一日の嫌なことを酒場で振り払って、家に持ち込まないようにしていると横柄に言っていた。

「今になってみると、お父さんの気持ちもわかるわね」

⑰ 孫が一番、お嫁さんが二番、子どもが三番、お父さんが四番。

たったコップ一杯のビールで本当だろうかと考えたが、抵抗はしない。四十歳から再婚もせず、寡婦(かふ)を通して育ててくれたのだ。言えば罰が当たる。

「子どもが一番なのにね」

おばあちゃんは先刻の報道を思い出し、なにか琴線(きんせん)に触れたものがあるのか、また話を元に戻した。なぜそんなことをするのかと思っているようだった。

「おなかを痛めた子なのに」

わたしは返答ができない。子どもを産むということは、今も昔も女性にとっては大変なことだ。医術が進んでいなかった時代では命がけだ。

おばあちゃんはそのことを知っているから尚更なのだろう。それでも産むのは女性の本能だからだ。生あるものは無意識に種の保全を考えている。そのことは男性より女性のほうが強いのではないか。

こちらが黙っていると、注がれたビールを少しだけ飲んで、ふぅーと息を吐いた。

「酔った？」

「全然」

「すごいね」

「もっと飲めるようになるかもしれんよ」

おばあちゃんはにやつき、ようやく話を変えてくれた。

「それはありがたい」

「あなたはあまり飲んじゃいけんよ」

「どうして」

「まだ若いから」

百歳の人間から見れば、確かに若いかもしれないが、わたしだっていい歳だ。

「子どもが一番なのにね」

⑰　孫が一番、お嫁さんが二番、子どもが三番、
お父さんが四番。


しかしおばあちゃんはまた言った。

「ねえ、誰が一番好きだった？」

わたしは子殺しの問題のほうに持っていきたくなくて訊ねた。

「なんのこと？」

「家族で」

おばあちゃんは納得したのか、ああと声を洩らした。

「お父さんが一番。子どもが二番。わたしが三番やね」

「本当？」

わたしが彼女の顔を覗くように訊くと、なんね、と照れくさそうに横を向いた。百歳近くになっても、父のことを真っ先に言ってくれたのだ。それが本当かどうか判然としなかったが、息子のこちらにはありがたかった。

それからおばあちゃんはもう横になると言って、自分のベッドに仰向けにな

り、酔った、酔ったと声を上げた。やはり照れ臭かったのかもしれない。

次の日、目を醒ますと、昨日のことは間違いだったと言った。わたしはなにを言われているのか、理解できなかったので一瞬躊躇した。

「孫が一番。お嫁さんが二番。子どもが三番。お父さんが四番。わたしが五番やね」

おばあちゃんは昨晩の、夫が一番というのを訂正した。

「親父が四番でいいの？」

「いいわね」

おばあちゃんの正直な思いではなかったのか。わたしは少しがっかりした。

夜の間か朝に考え直したのだ。

「お父さんはこの世におらんからね」

孫が可愛いのはわかる。自分の血がつながっているという喜びもある。実際

⑰　孫が一番、お嫁さんが二番、子どもが三番、お父さんが四番。

そんな話もしている。

では妻が二番というのは、いつもおしゃべりの聞き役や世話をしてくれているからなのか。それなら近年のわたしだってそうではないか。

「家庭内営業をやっていない？」

「どういう意味ね」

「家族で敵を作らないようにと」

「そんなことはしませんよ」

おばあちゃんはぴしゃりとこちらの言葉を弾いた。それから向こうに行ったら、親父に文句を言われるよとからかうと、それでもいいと強情を張った。

彼女は現実主義だ。この世が一番と考えているのかもしれない。それに世話になっている妻に気を使ったのかもしれない。

すると妻が作った総菜を持ってやってきた。彼女がおはようございますとおばあちゃんに挨拶をしたが、返す言葉に力がない。

「なにかあった?」

妻はこちらの表情を探った。

「なんでもないわよね」

わたしが返答するよりも、おばあちゃんは、もうその話をするなというふうに先に制止した。妻は二人の表情を見比べた。

「家族できみが二番目に好きなんだって」

「あら、ありがとうございます」

「一番は孫で」

「あなたは?」

「番外」

妻が笑った。おばあちゃんは横を向いたままだ。わたしが改めて妻に説明す

⑰　孫が一番、お嫁さんが二番、子どもが三番、
お父さんが四番。


ると、わたしもそうなるかもしれないと言った。

それでようやくおばあちゃんの機嫌も直ってきたが、惚けないように刺激を与えすぎたかと、親のような思いにもなった。

「あなたは意地悪やねえ。親を苛めるんやから」

「どちらにも感謝しているよ」

妻には老母共々お世話に。おばあちゃんには長生きをしてくれていることに。

それからわたしは自分が家庭内営業をしていることに苦笑した。

「ほら、馬鹿にしているんでしょ」

「本当、本当」

老母も自分の恥ずかしさを隠すように、妻の言葉に相乗りした。これ以上こちらがしゃべると、おばあちゃんが妻の援護を受けて、二人で攻撃してきそうだったので止めた。

それに近年はもう抵抗しないことにしている。わたしには味方がいない。いいかげんに生きてきたつけが回ってきたのだ。

それらのことを振り返ると、どん尻でもいいのだ。父親よりも上だというのも居心地が悪い。わたしは家庭内悪役で十分。家族がうまくいけばそれでいい。

そこまで我が身のことを考えて、変われば変わるものだと思った。昔は自分が一番と思い、我を通してみんなに迷惑をかけていたのだ。

「なにがおかしいの？」

口元をゆるめているこちらを見て、妻がまた言った。そう、そうと老母も相づちを打った。

わたしは隣の部屋に行き、昨日のおばあちゃんと同じように、大の字に仰向けになった。二人は煮物の味付けの話をしている。おばあちゃんの声は陽気だ。

すると先日、お墓参りに行った時、父の、お母さんは元気かと言う声を訊いた。こちらは元気にしているよと応じたが、お父さんの分まで生きると言った、おばあちゃんの声も一緒に聞こえてきた。

彼女が長生きしているのは、早く逝った夫のおかげかもしれない。少し複雑な思いになっていたが、まあ、いいかと思っていると、暢気（のんき）な朝寝をしてしまった。

⑰　孫が一番、お嫁さんが二番、子どもが三番、お父さんが四番。

⑱　子どもの悪口はわたしの悪口。

おばあちゃんは人とのおしゃべりは大好きだが、自分の子どものことや孫の悪口は言わない。わたしも一度も聞いたことがない。

「人のことはよく話すけど、子どもの悪口は言わないね」

ある時、不思議になって訊いたことがある。

「当たり前だわね」

「自分のことを言うのと、同じじゃないね」

わたしはまた理解できなかった。母と子どもであっても、人格は違うではないか。

「絶対に子どもの悪口を言わないことにしているの。決めて生きているの」

おばあちゃんの珍しく強い口調に戸惑った。

「どういうこと」

「子どもの頃、わたしは娘一人だったでしょうが。妹が生まれる前まで」

おばあちゃんに十二歳離れた妹がいる。明るくてよくしゃべる叔母だ。宍道湖近くの松江に嫁いだが、二人で話している姿を見ていると、いつもよく似ていると思っていた。

その叔母と祖母と母となにか関係があるのか。同じ血が流れているから、お互いにおしゃべり好きなだけではないかと思ったが黙っていた。

「母がかわいい妹とわたしを比べて、いろいろと言ったのよ。人は誰かと比べられるのが厭でしょう。悪口にも感じたし。それでわたしは子どもが生まれたから、お母さんのようにはならないと決めたの」

母は八十五年前のことを、昨日のことのように言った。

「よかったじゃない」

今度は彼女のほうが茫然とした。

「なしてね」

「反面教師として」

「そんなものじゃなかったよ。案外ときつかったわね。お母さんに悪気はなかったんだろうけれども、妹ばかり可愛がられている気がしたもの」

「よかったよ」

わたしがそう言うと、おばあちゃんはまた不審な目を向けた。

「なにがね」

「こちらのためにも」

⑱　子どもの悪口はわたしの悪口。

確かに彼女は三人の子どもの比較はしなかったし、それに少しでもいいことをすると褒めてくれた。そのせいかもしれないが、羽目を外す生き方もしてきたが、抑圧が少なかったので感謝もしている。

そばにいた妻が立派だと褒めると、少しだけ顎が上がった。それから三人でお茶を啜ったが、親は親で、子どものためにがんばって生きているんだなと思った。

それに名人は人を誹らずという言葉があるが、おばあちゃんはその道に長けている人ではない。ただ自分が厭な思いをしたので、祖母のようになりたくない、子どもたちを自分のような思いにさせたくなくて、そう生きたのだ。

不良にはならなかったが、好き勝手に生きてきた者としては、ただありがとうございましたと言うしかない。

「名人かもしれないよ」

わたしはからかうように言った。

「なんのね」

「子育ての」

「わたしがね」

おばあちゃんは一瞬考えるふりをして、妻を見た。

妻がすかさず応じると、どうやろうねえと満更でもないというふうに、わたしたちを見つめた。

「お互いに自慢話をしても、気恥ずかしい気持ちにもなるわね」

ただ小説家の端くれになった自分のことを振り返ると、恥ずかしいと思う気持ちが生まれてくる。

若い頃は小説家になりたいと思っていたが、なんとか書ける場ができてくると、こんなにしんどい仕事はないと思うようになった。

締め切りには追われる。書けないとストレスも溜まる。貧乏もする。それでもっと別の生きる道があったのではないかと思うこともあった。

だが今更引き返すこともできない。自分のことを振り返ったが、おばあちゃんはわたしたちがいるおかげで、何一つ自由にできなかった。

子どもたちが成人すると、好きな短歌をやったり、読書をすると言っていたが、それができる時期になると、原因不明の眼病に罹り、それも不可能になった。

申し訳ないと思う気持ちが芽生えてきたので、おばあちゃんを盗み見すると、彼女もなにか考えるように、湯呑みのお茶碗に視線を落としていた。

「茶柱が立っとうよ」

目の悪いおばあちゃんは湯呑みを近づけていた。

「わたしもですよ」

妻も明るい声を上げた。

「きっとなにかいいことがあるかもしれんよ」

老母と妻は喜んだ。

「あなたは?」

「こちらはなし」

わたしは不平気味に応じたが、もういいこともいらない。まして悪いことはもっといらない。静かに生きたいだけだ。それでも老母と妻にはいいことがあればいいと思った。

それがわたしの幸福にもなるはずだ。そうと考えたが、偉そうに笑われるのがおちなので、いつものように沈黙は金と黙っていた。

すると自分が家の中でしゃべらないのは、おばあちゃんのおしゃべりを反面教師にしているからではないかと思った。

⑱　子どもの悪口はわたしの悪口。

⑲

約束は物事の始まり、結果は別物。

おばあちゃんはがんばりなさいよと言うことはあまり言わない。妹が大学受験で勉強している時、一度くらいよその家のように、勉強しなさいと言ってくれと不平を言ったことがある。

「がんばりなさいというのは、当たり前のことじゃないの」

するとおばあちゃんは平然と言いのけた。

「よその家はみんなそうらしいのに」

妹は不満げな表情を作った。

⑲　約束は物事の始まり、結果は別物。

「勉強はわたしの問題ではないわね」

おばあちゃんは追い打ちをかけるようにまた言った。しかし仕事があり、朝早く家事もあるのに、妹につきあって、十二時まで必ず起きているのを知っていた。

その前に夜食を作って寝るのが日課だったが、妹はそのことを忘れている。

「期待していないの」

「してないことはないけど、あまりわたしには関係がないからねえ」

確かにおばあちゃんは一度として勉強をしろとは言わなかった。父も弱い者苛めをするな、卑怯なことをするなと言うだけで、勉強のことはなにも言わなかった。それでこちらは遊び惚(ほう)けていた。

そのおかげで足も速かったし相撲も強かった。賞品でノートや鉛筆は買わないでよかったほどだ。

うんざりするほど遊んだので、大人になってスポーツはなにもやったことがない。体を動かすのもしたくないと思うほどだ。

それにわたしと同じようになにもやったことのないおばあちゃんは、百歳になっても生きている。スポーツをするのは、本当に体にいいのかと懐疑的になることもある。

というのもわたしたちが幼い頃は、運動をした後には水を飲むなと言われていたし、クラブ活動では何百回もうさぎ跳びをさせられた。そのうちコレステロールが多くなるから、卵は一日一回にしろとも言われた。

しかし今はそうではない。おばあちゃんを見ていると、大食いをせず、おしゃべりもたっぷりとして、ストレスの少ない生き方をしたほうがいいと感じている。

「なんでも気軽に生きたほうがいいわね」

確かにそうかもしれない。だがそうは生きられないのもわたしたちだ。おばあちゃんも、子どもは遊んでいればいいと言った父の言葉に、心当たりがあったのか、なにも言わなかった。

その上、父は遊んでいると、知恵もつくと言っていた。そのことはどうだかわからないが、おばあちゃんは子どものことには立ち入ってこなかった。

社会に出ると、あなたたちのほうが勉強をしていて、わたしよりも賢いから自分で判断して生きろとも言われた。

その言葉を聞いて、わたしよりもいいかげんだと思ったが、当時は病気もしていて、そう言わなければしかたないのだろうと思っていた。だがそうではなかった。本当に何も言わなくなったのだ。

そのおばあちゃんのところに、妹と一緒に姪と甥がご機嫌伺いにやってきた。一通りお互いの近況や世間話をした後に、おばあちゃんは二人の孫に、勉強をしているのかと訊いた。

　わたしたちには一度も聞いたことのない言葉だったので驚いた。

「どういうこと？」

「孫は別だわね」

　そういうことか。

「なんでも急いてはいけんよ。自分のやりたいことがあったら、こつこつと諦めないでやっていればいいだけのことだわね。諦めなければ失敗したことにならんでしょうが」

　わたしたちには何も言ったことがないのに、どういうこと？　おばあちゃんは話を続けた。

「人が何かになる時の言葉に、果物の名前がつくのを知っておるね」

　甥と姪は目を見合わせた。話に興味を持ったようだった。

⑲　約束は物事の始まり、結果は別物。

「成果、結果、結実、とあるでしょうが。昔の人は果物を作るのが大変やった。苗を植えると、大きくなるまでに日照りがあったり、犬や猪が掘り起こしたりして、枯れてしまうこともあるでしょうが。何年もかかって大きくなって、葉っぱが茂ってきたら、今度は日当たりをよくするように、剪定もせんといかんでしょうが。ようやく実がなり出したら、大きくするために実を間引かんといけん。猿や鳥が先に食べてしまうこともあるわね。そうしたら農家の人は実に袋を被せたりして、取られないようにせんといけん。それだけ果物を育てるのは、手間暇も時間もかかるわね」

わたしはそこまで聞いていて、あれっと思った。そのことは以前、わたしが酔って偉そうにしゃべったことではないか。

こちらも何かの書物からの受け売りだったが、あの時、おばあちゃんは黙って聞いていた。いつもなら何か返答をするが、その時はなかったので、よけいに調子に乗ったことがある。しゃべっていて自分を生んでくれた老母に、説教をしている気持ちになったので、尚更に憶えていた。

「おばあちゃん、すごいね」

黙って聞いていた姪が驚いていた。おばあちゃんはわたしの顔を見ない。憶えているのだろうか。

「そうして大きく甘くなったものを、人間様がいただくんやわね。いただきますと言うのは、人間が動物や植物の命をもらって、生きておるからだけーね」

そこまで言っておばあちゃんはこほんと空咳をした。わたしがしゃべったのを思い出したのかもしれない。しかしこちらも何も言わない。わたしの言葉ではないからだ。

「なんでも自分との約束が大切やからね。約束は物事の始まり。自分で決めんと先に進めんからね。それでもうまくいかんかもしれんわね。結果は別物やから。だからうまくいった時に果物の名前がつくんやけね」

おばあちゃんは少しだけ偉そうに言った。それから妻や妹といつものように

おしゃべりをし出した。

「お母さんは勉強しろと言う？」

わたしは姪たちと三人になったので訊いてみた。

「全然」

「一度もないの？」

二人は頷いた。

「じゃあ、いいんじゃない」

「逆にプレッシャー」

姪が言った。わたしはようやくあの時の妹の気持ちがわかった。

「あまりよけいなことを言わないでよ」

するとの気の強い妹の声が飛んできた。わたしははっきりものをいう彼女を苦手にしている。

「くわばら、くわばら」

わたしは恐がってみせた。

「それなに？」

海外暮らしが長かった二人がこちらを見た。

「昔、菅原道真という人がいて、藤原氏の讒言（ざんげん）によって、大宰府に流されて、そこで亡くなったのさ。すると都に疫病や雷が落ちたりして、災難が次々に起こって、彼の祟（たた）りじゃないかと言われたのさ。しかし彼の生まれ故郷や、所領地には何も起きなかった。それで都の人たちが自分も、桑原地方の者だから、祟りを与えてくれるなと、頭を押さえて逃げたらしい」

わたしが間違っているかもしれない説明をすると、二人は黙って聞いていた。

⑲　約束は物事の始まり、結果は別物。

「ほら、おいしいケーキを買ってきたでしょ。こちらにきなさい」

妹はわたしから引き離すように呼んだ。

「お母さんはやさしいけど恐いの」

姪は小さな舌を出した。わたしも同じように舌を出して同調した。それでも妹が、おばあちゃんと同じように育てていることがおかしかった。

それから二人は案外と似ているのだと思った。だから昔、わたしは苦手にしていたのだ。

「飲む？」

わたしもテーブルの前に座ると妹が訊いた。

子どもやおばあちゃん、妻には甘い物を勧め、自分はビールを飲む態勢だった。わたしは、お、ありがとうと言ってコップをもらった。兄妹でも似ているのはお酒を飲むということくらいか。

わたしは今し方の二人の会話を思い出し、おまえはおばあちゃんに似ているなと言いかけて止めた。その言葉を押し戻すように、喉にビールを流し込んだ。

「わたしも少しいただこうかね」

するとおばあちゃんが言った。

「じゃあ、わたしも一口」

おばあちゃんはコップ半分。妻は一口か二口。それでも暑い日のビールはおいしいと言う。

わたしは小さな幸福とはこういうものではないかと思い、みんなの表情を見回した。おばあちゃんが長い間、子どもたちを育てるために我慢したり、忍耐した挙句に作ったのだと考えた。

「人間、辛抱や忍耐だな」

「一番辛抱がきかないあなたが言うと、なんだか世の中が反対に回っている気がするわ」

すかさず妹が言った。こちらがやりこめられている姿を見て、姪はにこにこしている。わたしは女性ばかりで勝目がないので口を閉じた。

「おばあちゃんがあなたがやさしくなったと言っているけど、本当かしら」

「それは本当」

「自分で言ううちはだめね」

妹はまた切り返した。口は彼女やおばあちゃんには勝てるはずがない。機転が違うのだ。しかしわたしが抵抗しなければ、小さな幸福は保てるのだと、強い意識で逆らわないことにした。

⑳ 目が悪くなって、逆に人間がよく見えるようになってきたよ。

おばあちゃんはわたしたちが結婚した時に、こちらには内緒で、妻に、暗い暗いと不平を言うよりも、進んで明かりをつけなさいと言ったらしい。

妻は初め、なんのことかわからなかったらしく、しばらく考えたようだ。彼女は何年も経ってからそのことを話してくれた。

こちらも聞いた時には判然としなかったが、どうやらわたしが逝っても子どももいるだろうから、自分から進んで生きなさいという言葉だったらしい。

⑳　目が悪くなって、逆に人間がよく見えるようになってきたよ。

夫が早く逝き自分が苦労したので、その不安があったようだ。わたしは息子が逝くことを、想定する親なんているのかと苦笑いをしたものだった。

わたしには結婚する前には両目を開けて女性を見て、所帯を持ったら片目を瞑（つぶ）って、相手を見たほうがいいと言った。

彼女が忠告らしいことを言ってくれたのはそれだけだったが、所帯を持ったらお互いに粗を探すなということらしかった。

案外とその言葉が心に残っていて、おばあちゃんが肺炎に罹り、一人では生活が危ないと同居するようになったが、以前、そのことを尋ねると、そんなことを言ったかねえととぼけていた。

「よく性格の不一致で別れたという人がいるけど、性格が同じの人は一人もおらんわね」

おばあちゃんは話題を変えるように言った。

「そりゃあ、そうだ」

「奥さんに合わせることもせんとね」

妻はわたしに決して老母の不満を言わない。おばあちゃんも言わない。それで言い合いをしたのを見たことがない。

こちらは妻のほうが我慢してくれていると思っているが、それで家庭のことに神経を使わずに生きてこられたので、二人には感謝するしかない。

「ありがとうございます」

わたしはおばあちゃんにお礼を言った。それから彼女は夫をどう見て、生きてきたのだろうかと思った。

「ねえ、親父の時にはしっかり見て、一緒になったの」

「誰がね」

「あなたが」

⑳ 目が悪くなって、逆に人間がよく見えるようになってきたよ。

「もう忘れたわね」

老母は戸惑い気味に言った。まさかそんなことを訊かれるとは考えてもいなかったのだ。

「でもこっちには言ったよ」

「あんな時代だったから、そんな暇はなかったわね」

「外れだった」

「勘はいいほうだったからね」

なんだ、自分は違うのかと思ったが、父のことは悪く言わないから嬉しい。

わたしは彼のほうが好きだったこともあるのだ。

「目があまり見えんようになった今のほうが、よく人が見えるよ。あなたのことも」

おばあちゃんは息子を脅すように言った。

「恐いね」

「わたしは恐くないよ」

「どうしてさ」

「よくしゃべる人には心が見えて、悪いようには見えんわね」

おばあちゃんは自分のことを庇(かば)った。

「いい性格」

「息子に言われるのはありがたいことだわね」

褒められていると思ったのか、愉しそうだった。そしていつものように、専修念仏みたいに昔のことを話し出したが、歳を重ねてくると、遠い昔のほうが鮮やかに蘇ってくるということは、わたしにもわかるようになってきた。

それから以前のように、おばあちゃんの目がよくなって、すかっとした青空をもう一度見せてやりたいなと思った。

㉑ 絶対に病気はしない。

おばあちゃんはわたしたちが子どもの頃には決して口にしなかったが、こちらが生計を立てることができるようになると、育てている頃は、絶対に病気はしないと決めて生きていたと言った。

その心の底には、自分が病気をすると、子どもたちが不安になり、生活も立ち行かなくなると思い込んでいたようだ。

今では病気は予防が一番で、暴飲暴食、寝不足、ストレスを少なくするのは大切だとわかるが、おばあちゃんはそのことを実践していたということになる。

腹六分目と思っていたのも、子ども時分の食べすぎだけではない気もしてくる。

幸いにわたしたちも元気で、病院に行くこともなかった。運がよかったのだろうが、わたしは三十半ばまで病院に行ったことがない。

しかし若い頃の不摂生で、今は成人病の巣だ。そのことはおばあちゃんが心配するので、言わないことにしている。やはり健康に生きるには、おばあちゃんのように自己管理と摂生が大切だとわかっている。

それとくよくよしないことだ。もしわたしが似ていることがあるとすれば、嫌なことがあれば、すぐに蒲団（ふとん）を被って寝ることかもしれない。

考えても解決できない問題は、時間に解決してもらうしかない。それに失敗して終わったことは、気にしないとすぐに諦める。

おばあちゃんに似ていることが二つだけあると言うと、なんねと興味深く訊き返されたことがある。

㉑　絶対に病気はしない。

「それはよかったわね」

「と思うけどね」

「動物はみんな親の真似をして、生きる方法を学んでいくらしいよ」

おばあちゃんは自慢げに言い、てれているのか目を合わせない。口答えしてもしかたがないので黙っていると、そう思わん？　と訊き返してきた。

こちらも歳を重ねてきて、おばあちゃんの言うように、どう生きたとしても大差はないという言葉が理解できるようになったが、やはり自己管理や摂生できることが、長生きの秘訣のような気もする。

「ありがとうと思う気持ちも、大事やないんかねえ」

おばあちゃんの表情を見て思案していると、諭すように言った。

「そうかもしれないねえ」

「違うと思っておるんでしょうが」

「そんなことはないよ」

わたしはやんわりと否定した。

「じゃあ、なんね」

「なんだろうな」

「へたな考えは休むに似たり、というでしょうが」

おばあちゃんは平然と言った。そばでは妻が二人のやりとりを聞いて笑っている。わたしはたあいない話だったが、老いた母親となにを話しているのかという気持ちになり、気恥ずかしさも生まれていた。

「それで嫌なことがあると、すぐに寝ていたんだ」

「体も休めんといけんけど、脳も休めんと」

確かに。腹も脳も身の内だ。暴飲暴食もいけないし、脳も休めなければいけないということか。

㉑　絶対に病気はしない。

「長生きしてよ」

わたしは話を打ち切ろうとそう言うと、あなたもよと切り返された。その言葉を聞いて、ひょっとしたらおばあちゃんは、わたしよりも長生きしようとしているのではないかと思った。

そしてわたしは不摂生な生活を送ってきたが、百歳のおばあちゃんが生きているので、自分もそこまで生きられると安心しているのではないかと考えた。

「暢気だよね」

「誰が？」

わたしはおばあちゃんがと言いかけて言葉を止めた。それから二人ともと言った。

「暢気にしていると、いいこともあるからねぇ。あなたもそうしたほうがいいわね」

わたしは笑っている妻と目を合わせ、苦笑いをした。つまりはおばあちゃんがいつも呟くように、なにもないことが一番幸福なのだと思った。

「病気はお金を払って、体を元に戻すだけだからね」

おばあちゃんはとどめを刺すように言って、ぬるくなったお茶を口に含んだ。ゆっくりとお茶を飲める時間があるのが、幸福なのかもしれない。ふとそう感じたが、悪い雰囲気ではなかったので、もう一度妻と顔を見合わせ、小さく笑った。

それからわたしは、人生はこんなものかもしれないと思ったが、よく考えるとそのこんなものがわからない。それでもわかったふりをして生きていれば、おばあちゃんの言うように、いいことがあるかもしれない。

「暢気なのが一番ですよ」

誰よりも暢気な妻が、おばあちゃんに調子を合わせるように言った。暢気、

㉑　絶対に病気はしない。

暢気。わたしは呪文のように唱えてみたが、寡婦(かふ)で子どもを育てたおばあちゃんは、決して暢気に生きてきたわけではない。

そのことが自分でわかっているから、なにも神経を使わず生きられるようになった今が、ようやく穏やかな時間だと気づいたのかもしれない。

「暢気おばあちゃんだね」

わたしがからかうように言うと、そう、そうと嬉しそうに応じて、入れ歯の白い歯を見せていた。

あとがき

人生は言葉を探す旅ではないか。いい言葉に出会えば生き方も変わる。希望も生まれてくる。言葉は闇夜の灯台の明かりのようなもので、人生の道しるべになる。

わたしはおしゃべり好きの老母と生活をしていて、読書から得た知識よりも、経験から摑んだ言葉のほうが、そこに心血が注がれていていいと思うようになった。

一九二二（大正十一）年生まれの老母は戦争中に青春時代を送り、敗戦時には二十三歳だった。彼女は原爆投下の一日前まで広島にいて、たまたま帰省して難を逃れた。

その老母は生きているだけで幸福、なにが起きるのかわからないのが人生だと言う。確かにその通りだが、人生の荒波を生きてきたと思うと、呟く言葉にも重みを感じる。そんな彼女のせめてもの救いは、長生きしていることだろう。年齢を重ねれば、人生が少しも思うようにならないということもわかってくる。挫折や失望の連続だということにも気づく。

それでも彼女の言うように、人間は生きている間が人間だから、生きていくしかないと考えて人生を全うするしかない。

生きているとなんとかなるものだし、なんとかなればまた生きる希望も湧いてくる。百歳の老母からは、そんなことを教わった気もする。言葉は人間の身体に流れている血のようなもので、心に残れば消えていくことはない。

哲学者や文学者が残した立派な言葉もあれば、市井（しせい）の人々が人生訓として心に刻んでいるものもある。

言葉を摑むということは生き方を摑むということでもあるが、本当は親の言葉を信じることが、一番いい教育ではないかと感じることもある。

なぜなら子のことを常に心配しているのが親だからだ。親はいくつになっても子どものことを案じる。ありがたいことだと思うし、やはり母性と父性は違うと考えることもある。

ここに書いた二十一の言葉は、わたしが老母の何気なく呟いた言葉を、ノートに書きとどめていたものである。

小説に使った言葉もあるが、人は親を選んで生まれてくることはできないし、まして国や土地を選んで生まれてくることもできない。

そういう意味では親子になることも、日本に生まれてくることも、運命としか言いようがない。

小説家になると言って、彼女に長い間迷惑をかけ、なおかつ助けられて生きてきたが、残り少ない人生はその恩返しをしたいと思っている。

そして彼女のことを考えることは、自分のことを考えることだと気づかされたが、わたしが小説家の端くれになれたのも、彼女のおかげだと思っている。

なにはともあれ、自分の母親が百歳になったことは喜んでいるし、生きてくれているというだけでありがたい。

長生きにはもっと挑戦してもらいたいものだ。わたしが今最も気をつけているのは、こちらのほうが先に逝って、彼女を哀しませてはいけないということだ。

いいかげんに生きてきた人間が、こんなことを言うのもおかしなものだが、親子でよかったと感謝している。

そして老母が意外にも人生の言葉を摑んでいたのだなと改めて驚いている。また彼女はいい人になるには、いい人の真似をすればいいとも言ったが、これからは彼女の後を追って、陽気でほがらかに生きてみようかと考えたりもしている。

人間の歴史は戦争の歴史でもあるが、百歳の現在でもウクライナの人々のことを気にしている。自分の戦争体験と照らし合わせているのだが、あの八月五日に広島を離れなければ、彼女もまたこの世に生きていなかったし、わたしも存在しなかった。

人間の運命はどこでどうなるかわからないが、自分の思いで、人生を全うできない人たちもまた不幸だ。

戦争はどんなことがあってもやってはいけないと、老母は専修念仏のように呟くが、それは彼女がその悲惨さを知っているからだ。

そして八月六日の広島の原爆投下の日は、父の命日でもある。それに八月二十日は母の誕生日でもある。それゆえに八月は息子のこちらも戦争のことを思案してしまう。

今年はウクライナのロシア侵攻のこともあり尚更だ。有史上、人間は戦争の繰り返しで、そのうち世界中が戦争の跡地になってしまうのではないか。

戦争体験を知らないわたしたちは平和を謳歌しているが、それも先人たちの犠牲の上にある平和だと、個人的には忘れないようにしている。それには何よりも生きる指針になる言葉こそが命綱だと思っている。なんとか言葉による解決はないのだろうか。

また言葉の乱れは社会の乱れだとも考えているが、今日の日本のことを思案すると、いつかきた道に戻るのではないかと危惧も抱く。戦争を知らない人たちが増えてきた現在は、その分岐点に立っているのではないかと感じてしまう。

幸いにわたしは長生きをしてくれている母親をそばに見て、我が身の人生を問うことができる喜びがあるが、ここに書かれたことはその老母のささやかな人生訓でもある。

いい人生かどうかは逝く前に振り返って気づくことだと思っているが、最後の最後にいいことがあれば、それはオセロゲームのようにいいことにひっくり返ることでもある。

そういう希望の持てる読み物として綴ってみたが、その思いが少し偉そうな物言いであるが、読者に届いてもらいたいという願いがある。

二〇二二年十二月十五日

佐藤洋二郎

〈著者紹介〉
佐藤洋二郎（さとう　ようじろう）
1949 年福岡県生まれ。中央大学卒。主な作品集に『未完成の友情』『福猫小判夏まつり』『神名火』『グッバイマイラブ』『沈黙の神々Ⅰ・Ⅱ』などがある。『夏至祭』で野間文芸新人賞、『岬の蛍』で芸術選奨新人賞、『イギリス山』で木山捷平文学賞。著書多数。

百歳の陽気な
おばあちゃんが
人生でつかんだ言葉

2023年2月23日初版第1刷発行
著　者　佐藤洋二郎
発行者　百瀬精一
発行所　鳥影社 (choeisha.com)
〒160-0023 東京都新宿区西新宿3-5-12トーカン新宿7F
電話 03-5948-6470, FAX 0120-586-771
〒392-0012 長野県諏訪市四賀229-1（本社・編集室）
電話 0266-53-2903, FAX 0266-58-6771
印刷・製本　モリモト印刷

ISBN978-4-86782-007-0 C0095